INSTRUCTION

POUR LES CHASSEURS

Du 2ᵉ Escadron du 11ᵉ Régiment,

PAR LEUR CAPITAINE,

A. Longuet.

Le capitaine commandant est responsable des parties de l'instruction qui doivent être enseignées dans les chambres et aux écuries : telles que les règles de discipline, de tenue et de service intérieur ; les dispositions du Code pénal, surtout celles relatives à la désertion ; le service des cavaliers de garde dans les places et en campagne ; le soin des armes et des effets d'habillement, d'équipement et de harnachement, le paquetage, le pansage des chevaux, la manière de seller, déseller, brider, débrider, etc.

(Service intérieur.)

LIMOGES.

IMPR. ET LITH. DE DARDE, RUE CONSULAT, 15.

1839.

PO

INSTRUCTION

POUR LES CHASSEURS

DU 2ᵉ ESCADRON DU 11ᵉ RÉGIMENT.

V

*

INSTRUCTION
POUR LES CHASSEURS

Du 2ᵉ Escadron du 11ᵉ Régiment,

PAR LEUR CAPITAINE,

A. Longuet.

Le capitaine commandant est responsable des parties de l'instruction
qui doivent être enseignées dans les
chambres et aux écuries : telles que
les règles de discipline, de tenue et
de service intérieur ; les dispositions
du Code pénal, surtout celles relatives à la désertion ; le service des cavaliers de garde dans les places et en
campagne ; le soin des armes et des
effets d'habillement, d'équipement
et de harnachement, le paquetage, le
pansage des chevaux, la manière de
seller, desseller, brider, débrider, etc.
(Service intérieur.)

LIMOGES.
IMPR. ET LITH. DE DARDE, RUE CONSULAT, 15.

1839.

Les loisirs de la paix donnent le tems de s'instruire, et la première instruction qu'on doit acquérir, est celle de son métier. Le métier d'un soldat ne consiste pas à monter une garde et à panser un cheval; et celui même qui se résigne à monter la garde jusqu'à la fin de son congé, doit savoir, autrement que par routine, ce qu'il a à faire quand il est en faction.

Le cavalier a une foule d'objets à entretenir; il faut qu'il en sache le nom. Quand une partie de son volumineux bagage sera usée ou dégradée, il pourra du moins en rendre compte militairement ; il ne dira pas : *la chose* de *mon chose* est décousue ou cassée.

Le soldat qui panse un cheval deux

fois par jour, doit connaître les parties qu'il frotte. Tel dit que son cheval a reçu un coup de pied à la cuisse, tandis que c'est la jambe qui est blessée.

Et le service de campagne, qu'on n'apprend que de bric et de broc, il faut pourtant le savoir et d'une manière positive ; car enfin, les soldats sont faits pour la guerre : là, il n'y a pas à marchander avec la consigne, et celui qui ne la saurait pas, se ferait d'abord couper les oreilles, et pourrait compromettre et son poste et son régiment tout entier.

Ne vous effrayez pas des détails qui vont suivre : ils n'ont rien de difficile, parce qu'ils roulent sur tout ce que vous faites journellement, et ils vous apprendront à le faire avec discernement. Le moins intelligent d'entre vous, les saurait en deux mois tout au plus, s'il y donnait une heure par jour. Seulement, ne cherchez pas à étudier *des mots* ; on apprend et l'on retient mieux avec le jugement qu'avec la mémoire. Comprenez, c'est facile, et rendez ensuite votre pensée, avec les expressions qui vous sont familières.

Quand vous saurez ce que j'ai rassemblé dans ces quelques pages, apprenez autre chose. Les instans du repos, les jours [de] mauvais tems ne doivent pas être tous au bénéfice de la cantine. Il faut voir devant soi. L'instruction que vous aurez acquise, vous servira si vous restez au service. On a vu des colonels et des généraux qui ont appris à lire à l'école dn régiment ; ils ont fait leur chemin à coups de sabre, sans protection, sans rien devoir à personne. Faites comme eux ; la poudre à canon peut revenir à la mode.

Si vous ne restez pas au service, n'oubliez pas que maintenant, dans les villages, tous les enfans savent lire et écrire, et n'auriez-vous d'autre ambition que d'être garde-champêtre, pour la réaliser, il faut encore savoir lire. Avec plus d'instruction, vous pourrez prétendre à mieux.

Mais avant de quitter le toit du quartier, sachez où vous irez. La plupart de vos officiers ont commencé comme vous; ils ont persévéré, et chaque année vous en voyez partir avec des épaulettes et la croix. Ils ont une retraite assurée : les services rendus à l'état ne sont pas sujets aux banqueroutes.

Marques extérieures de respect.

En passant près des officiers, qu'ils S.I.* soient en redingote ou en tenue, les chasseurs les saluent en portant la main droite au turban du bonnet. Ils saluent les sous-officiers de la même manière. Ils ont les yeux fixés sur la personne qu'ils saluent.

Le salut est dû partout, dans le quar- S.I.* tier comme ailleurs, lorsqu'on rencontre une première fois un officier ; mais dans le quartier, comme dans les lieux publics, on ne le renouvelle pas.

Quand un chasseur parle à un officier, S.I.* ou à un sous-officier, il ôte son bonnet, et le descend près de la cuisse, le cor-de-chasse en arrière, le bras légèrement tendu; il place les talons sur la même ligne. Il fait demi-tour à droite pour se retirer, et remet ensuite son bonnet.

1*

*S.I.** Les chasseurs font face à un supérieur qui passe près d'eux, pour le saluer. Ils se lèvent lorsqu'ils sont assis.

*S.I.** Lorsqu'ils ont leurs schaskos, ils saluent en portant la main droite à la visière. S'ils parlent à un officier ou à un sous-officier, après avoir porté la main droite à la visière, et placé les talons sur la même ligne, ils la replacent sur le côté.

*S.I.** Le soldat doit le salut à tout supérieur en grade, quelle que soit l'arme à laquelle il appartienne. En remplissant ce devoir, il donne une bonne opinion de la discipline de son régiment.

S. I. Les membres de l'intendance militaire, les officiers de santé militaires et les fonctionnaires civils *en costume*, on droit au salut.

S. I. Quand un officier entre dans une chambre, le brigadier commande : *fixe.* Les cavaliers se lèvent, se découvrent s'ils sont en bonnet de police, gardent le silence et l'immobilité, jusqu'à ce que l'officier soit sorti, ou qu'il ait commandé: *repos*. Si c'est un officier supérieur, (*) le brigadier commande *à vos rangs;* les cavaliers se placent aux pieds de leurs lits; lorsqu'ils y sont, le brigadier commande *fixe*.

(*) Les officiers supérieurs sont ceux qui ont des épaulettes avec de grosses torsades; elles sont dites : *à graines d'épinards*. Il y en a cinq par régiment : le *colonel* a deux épaulettes en argent. Le lieutenant colonel en a aussi deux, mais le corps est en or et les torsades sont en argent. Les chefs d'escadrons ont une épaulette en argent ; ils la portent à gauche. Le major en a une pareille, mais il la porte à droite. Dans les dragons, dans l'artillerie et dans l'infanterie de ligne, les épaulettes sont en or.

On reconnaît le grade des officiers de hussards aux galons qu'ils ont sur la manche. Les sous-lieutenans en ont un, les lieutenans, deux; les capitaines, trois. Les chefs d'escadrons et le major, quatre; le major en a un en or. Le lieutenant colonel cinq, dont un en or; le colonel cinq, tous en argent.

S. 1. En l'absence des brigadiers , les chasseurs doivent le respect et l'obéissance au plus ancien d'entre eux. Les cavaliers de 1re classe , quelle que soit leur ancienneté, exercent le commandement avant ceux de 2e classe.

Un soldat qui est dans le rang, s'il est interpellé par son chef, lui répond sans quitter l'immobilité. Mais si avant que les rangs soient formés, ou après qu'ils sont rompus, il est appelé près d'un officier , ou s'il a une demande à lui faire, il l'aborde au port d'arme, ou en présentant l'arme , et garde cette position jusqu'à ce qu'il fasse demi-tour pour se retirer.

Un chasseur parlant à son chef, l'appellera par la dénomination de son grade; ainsi il dira :

Brigadier.
Fourrier.
Maréchal-des-logis.
Maréchal-des-logis-chef.

À un adjudant, il dira : } *Mon adjudant.*

Aux lieutenans et sous-lieute-nans : } *Mon lieutenant.*

Aux capitaines et aux adju-daus-majors : } *Mon capitaine.*

Aux chefs d'es-cadrons et au major : } *Mon commandant.*

Au colonel et au lieutenant-colonel : } *Mon colonel.*

Aux officiers de santé : } *Monsieur le docteur.*

Passant près d'un officier ou d'un sous-officier, le chasseur qui a la pipe à la bouche, la retire de la main gauche, en même tems qu'il porte la main droite au bonnet.

Quand on rencontre un supérieur dans une rue, on se détourne de manière à lui laisser le haut du pavé.

Dénomination des parties du Cheval.

On divise le cheval en trois parties : la tête, le tronc, les membres.

Dans la tête, on reconnaît :

Les oreilles,
La nuque,
Le toupet,
Le front,
Les salières,
Les yeux,
Le chamfrein,
Les joues,
Les nazeaux,

La bouche :
- Les lèvres,
- Les barres,
- La langue,
- Le palais,
- Les dents.

Les dents se divisent en 12 dents incisives, 4 crochets et 24 dents molaires (40).

La plupart des jumens n'ont pas de crochets.

La ganache,
L'auge,
La barbe.

Dans le tronc , on reconnaît :

L'encolure ,
La crinière ,
Le garrot ,
Le poitrail ,
Le dos ,
Les reins ,
Les côtes ,
Les flancs ,
Le ventre ,
Le fourreau ,
La croupe ,
Les hanches ,
Les fesses ,
La queue ,
La vulve.

Les membres se divisent en membres
antérieurs et membres postérieurs.

Dans les membres antérieurs , il y a :

L'épaule ,
Le bras ,
Le coude ,
L'avant-bras ,
Le genou ,
Le canon ,
Le tendon ,
Le boulet ,

Le paturon ,
La couronne ,
Le pied on sabot.

Dans les membres postérieurs, il y a :

La cuisse ,
Le grasset ,
La jambe ,
Le jarret ,
Le canon ,
Le tendon ,
Le boulet ,
Le paturon ,
La couronne ,

Le pied ou sabot : { Muraille ,
Sole ,
Fourchette.

La *châtaigne* est cette corne qui se trouve à la face interne de l'avant-bras , et au-dessous du jarret.

La *robe* est la couleur des poils et des crins du cheval.

Marque en tête est une tache blanche plus ou moins grande , qui est sur le front ou sur le chamfrein. Quand elle est large et qu'elle descend jusqu'aux nazeaux, on la dit : *belle face*.

Balzane, s'entend du poil blanc qui commence à la couronne et qui monte plus ou moins haut.

Un cheval est *zain* quand il n'a aucune tache blanche ni sur son poil ni dans ses crins.

On reconnaît l'âge aux dents incisives.

La taille se mesure du garrot à terre ; celle du cheval de chasseur est de 4 pieds 6 pouces à 7 pouces (1 mètre 422 millimètres à 489).

L'œil *véron* est celui qui est marqué d'une tache blanche naturelle.

Queue de rat est celle dont les crins sont rares et courts.

Queue de balai est celle qui se termine en pointe, et qui ne descend pas plus bas que le jarret.

Cheval à tous crins est celui dont la queue est longue et fournie.

Attentions à avoir quand on fait ferrer un cheval.

—

Le cheval est naturellement doux ; il aime qu'on le flatte et qu'on le caresse. Si quelques exemples donnent à croire qu'il y a des chevaux indociles et méchans, l'expérience a prouvé que les plus difficiles le seraient beaucoup moins, si, au lieu de les battre on les traitait avec douceur.

Ainsi, beaucoup de chevaux sont difficiles à ferrer, parce que d'abord on s'y est pris maladroitement ; on les a mis dans une position forcée ; et la gêne qu'ils éprouvaient, étant prise pour de la méchanceté, on s'est servi de cordes, on les a battus : de là, est venue la répugnance qu'ils éprouvent à venir à la forge.

Un officier autrichien a fait une étude

de tous les chevaux réputés vicieux, et, après de longues années de travail et de réflexion, il a prouvé qu'on peut, en moins d'une heure, et sans aucun moyen de force, ferrer un cheval reconnu intraitable.

Sans avoir le talent et l'expérience de cet officier, quand un chasseur a un cheval qui fait quelques difficultés pour se laisser ferrer, il peut l'en corriger. Pour cela, il suffit de lui lever les pieds souvent chaque jour; de les lever d'abord très-peu et de les reposer à terre aussitôt pour ne pas fatiguer ou impatienter le cheval, le caresser quand il a bien fait, et lui donner un peu de pain. Bientôt le cheval donnera le pied à la moindre pression de la main, croyant avoir à manger après.

Quand on fait ferrer, il faut, avant de lever les pieds, mettre le cheval d'aplomb, c'est-à-dire, le placer de manière que ses quatre jambes soient également droites,

et sur un terrein uni ; ensuite lever le
pied doucement, et prévenir de la voix
et de la main, en la glissant deux ou trois
fois sur le canon, dans le sens du poil.
Il faut savoir que le cheval ne peut pas
porter les jambes sur le côté, surtout
celles de devant. Souvent, sans avoir égard
à la petite taille d'un cheval, on lève le
pied trop haut ; alors il se défend ; de
même, quand on le tire sur le côté. Quand
le maréchal ne travaille plus, il faut de
suite poser le pied à terre.

Avec les jeunes chevaux, il faut encore
plus de précautions. Ainsi, on ne les met-
tra jamais à côté d'un cheval qui s'effraie
ou qui se défend. On aura égard au côté
d'où vient le vent, pour que la fumée
ne leur monte pas devant les yeux. On
posera très-souvent le pied à terre, même
avant qu'ils le demandent; on les caresse-
ra ; on leur donnera devant la forge du
pain ou de l'avoine, pour qu'ils y viennent
volontiers.

le
ix
is
il.
as
ut
rd
le
de
nd
de

re
et-
ie
té
ée
On
me
se-
du
ent

Il y a des chevaux qui ne veulent pas être attachés pendant qu'on les ferre. Il ne faut pas s'entêter avec eux. D'abord on les tiendra par le bout des rènes, leur laissant de la liberté , et les caressant sur le front et sur les yeux (toujours à poil). Avec de la douceur, on les amènera plus tard à se laisser attacher ; mais point de licol de force ; il abîme les jarrets et ne rend pas les chevaux plus dociles.

Le chasseur doit toujours amener son cheval à la forge au pas , et le ramener de même à l'écurie.

L'homme doux et patient fait le cheval docile. L'homme brutal fait le cheval méchant, vicieux, rétif.

Harnachement.

—

On appelle *arçon*, le bois de la selle ; on le divise en 4 parties : 2 arcades et 2 bandes , réunies par 8 chevilles.

La partie supérieure de l'arcade de devant se nomme *pommeau ;* celle de l'arcade de derrière est la *palette.*

Les demi-cercles en fer qui soutiennent les arcades se nomment *croissans.*

On trouve en avant de l'arçon :

— Le poitrail , DIVISÉ EN GRAND ET PETIT MONTANT ET FAUSSE MARTINGALE.

— La botte de mousqueton, SOUTENUE PAR SA COURROIE.

— La lanière du pistolet.

— La fonte et le porte-hache , FIXÉS PAR LE CHAPELET ET PAR LES RONDS DE FONTE.

— La courroie de paquetage.

Entre les deux arcades :

— Le siége, FIXÉ AUX ARCADES PAR DES CLOUS, ET AUX BANDES PAR UNE LA-NIÈRE QU'ON NOMME LACET.

— Le coussinet.

— Les étrivières et les étriers.

— La sangle et le contre-sanglon, FIXÉS PAR DES LANIÈRES.

En arrière de l'arçon :

— Les poches à fer.

— Les lanières de bridon et de corde à fourrage.

— Les boucles enchappées de crou-pière.

— La croupière, DIVISÉE EN FOURCHE SUPÉRIÈURE, FOURCHE INFÉRIEURE ET CU-LERON.

On appelle *mortaises*, les trous prati-qués aux bandes pour le passage des étrivières, et celui qui est à la palette pour la courroie de charge.

Le cuivre qui borde la palette se nomme *contour*.

Pour le paquetage, il y a 7 courroies :

trois pour les musettes et le manteau ; on les appelle courroies de manteau. Celle du milieu , qui est simple, est engagée dans un crampon en cuir fixé au pommeau. Les deux autres sont engagées dans les supports des ronds de fonte.

La courroie de dragonne , qui sert à soutenir le mousqueton, est engagée dans un crampon en cuir fixé au chapelet , derrière le porte-hache.

Pour la besace et le porte-manteau , il y a trois courroies ; on les appelle *courroies de charge*. Celle du milieu , qui est simple , est passée dans la mortaise de la palette , et les deux autres , dans les crampons en fer, fixés à l'arcade.

On appelle *surfaix*, cette large bande de cuir qui maintient la schabraque sur la selle , et *contre-sanglon*, la courroie qui est cousue à l'une de ses extrémités.

BRIDE.

Elle se divise en têtière, filet, rênes et mors.

La têtière comprend :
— Le dessus de tête avec sa gourmette.
— Le frontail.
— Les montans et les porte-mors.
— La sous-gorge.
— La muserole.

Le filet se compose du grand et du petit mentons, du frontail, des rênes et du mors.

Dans les rênes de la bride, il y a :
— Les rênes.
— Les porte-rênes.
— Le bouton coulant.
— Le bouton fixe.
— Le fouet.

Dans le mors :

L'embouchure, CANONS ET LIPERTÉ DE LANGUE.

Les branches, OEIL DE PORTE-MORS,

2

ŒIL D'S OU DE CROCHET, ŒIL DE PORTE-
ANNEAUX ET LES BOSSETTES.

Les anneaux.

La traverse.

La gourmette, AVEC UN S ET UN CRO-
CHET.

LICOL.

Grand et petit montant.
Dessus de nez.
Sous-barbe.
Alliance.
Longe.

BRIDON.

Les deux mentons.
Sous-gorge.
Mors.
Rênes.

Dans la schabraque, on reconnaît :
Les devants.
Les pointes.
La pièce de pommeau.
Le siége.
Les entre-jambes.
Le numéro du régiment.
Le galon.
Le passepoil.
La doublure.

Armement.

—

Le SABRE se compose d'une lame, d'une monture et d'un fourreau.

Lame :
- La pointe ,
- Le tranchant ,
- Le dos ,
- Le plat ,
- Le talon ,
- La soie.

Monture :
- La poignée et le filigrane ,
- La calotte ,
- La garde : { Branches , Coquille.

Fourreau :
- Le fourreau ,
- La cuvette ,
- Les bracelets ,
- Les anneaux ,
- Le dard.

Le MOUSQUETON se divise en quatre

parties principales : le bois, le canon, la platine et la tringle. Il y a de plus quatre grandes vis : une de culasse, deux de platine, une de tringle. Dans les mousquetons d'ancien modèle, la tringle a un pivot et n'a point de vis.

Le bois :
- Le canal,
- La poignée,
- La crosse,
- La contre-platine,
- Le pontet,
- La détente, } Sous-garde.
- L'écusson,
- La plaque de couche.

Le canon :
- La culasse,
- La lumière,
- Le tonnerre,
- Le canon,
- Le point de mire,
- La bouche.

La platine :
- Le corps de platine,
- Le bassinet et sa vis,
- La batterie et sa vis,
- Le ressort de batterie et sa vis,
- Le chien, ses machoires et sa vis,
- La noix et sa vis,
- La bride de noix et sa vis,
- La gachette et sa vis,
- Le ressort de gachette et sa vis,
- Le grand ressort et sa vis.

La tringle :
- L'embouchoir et sa vis,
- La tringle,
- Les anneaux,

Le PISTOLET se divise en trois parties principales : *le bois*, *le canon* et *la platine*. Il y a de plus la baguette et trois grandes vis ; une de culasse et deux de platine.

Le bois :
{
Le canal ,
La poignée ,
La crosse ,
La calotte ,
La coulisse.

Le canon :
{
La culasse ,
La lumière ,
Le tonnerre ,
Le canon ,
La bouche.

La platine :
{
Comme celle du mous-
queton.

Équipement.

La giberne :
{
Le coffret ,
Les oreilles ,
Les fonds ,
Les D ,
Le couvercle ,
La patte ,
Le bouton.
}

Le porte-gi-
berne :
{
Le grand côté ,
Le petit côté ,
La bouche ,
Le passant ,
L'écusson.
}

Le porte-mousqueton se compose d'une seule pièce. Ses agrémens sont les mêmes que ceux du porte giberne.

Le ceinturon :
{
La patte ,
Le porte-agrafe ,
La pièce intermédiaire ,
Le grand côté ,
La petite et la grande belière ,
L'agrafe ,
Le crochet ,
Les boutons.
}

Sentinelles.

—

S. P. Les sentinelles ne se laisseront jamais relever ou donner de consigne que par les brigadiers de leur poste.

S. I. Il n'est pas rendu d'honneurs avant le lever ni après le coucher du soleil.

Les sentinelles rendent les honneurs en *mettant l'arme au bras, portant l'arme, présentant l'arme.*

Elles mettent l'arme au bras, pour les officiers de tous les grades, quand ils sont en redingote et bonnet de police, et toutes les fois qu'ils n'ont pas leurs épaulettes.

S. I. Elles portent l'arme pour une troupe armée, pour les capitaines, les lieutenans, les sous-lieutenans, les officiers de santé militaires; et pour toute personne, quel que soit son costume, qui est décorée de la *croix* de la Légion-d'Honneur. Il n'est pas rendu d'honneurs à celle qui n'a que le ruban.

Elles présentent l'arme aux officiers S. I. généraux, aux officiers supérieurs et aux intendans et sous-intendans militaires.

Elles ne doivent rien à l'officier qui est en bourgeois.

Quand le mauvais tems force les sentinelles à rester dans la guérite, elles s'y tiennent l'arme au pied. S'il passe un officier devant elles, elles prennent la position militaire, et frappent un coup avec la crosse du mousqueton.

Les sentinelles ont habituellement l'arme au bras ou l'arme sur l'épaule droite ; elles peuvent aussi se reposer sur les armes. Quand elles ont à rendre les honneurs, elles se placent carrément devant leur guérite. S'il arrive qu'elles soient surprises par un officier qu'elles n'aient pas aperçu, et qu'elles n'aient pas le tems de venir tranquillement à leur guérite, elles s'arrêtent où elles se trouvent, se placent le dos au mur, et rendent les honneurs dans cette position.

Quand elles n'ont qu'à mettre l'arme au bras, elles prennent d'abord cette position, et attendent, pour placer la main droite sur le côté que l'officier passe devant elles.

Quand elles doivent porter l'arme, elles le font lorsque l'officier est à trois ou quatre pas; elles attendent, pour changer de position, qu'il les ait dépassées de trois ou quatre pas.

Quand elles ont à présenter les armes, elles les portent quand l'officier supérieur est à huit ou dix pas, et les présentent quand il arrive à trois ou quatre. Elles gardent cette position jusqu'à ce qu'elles soient dépassées de la même distance.

S. P. Les sentinelles ne pourront jamais quitter leurs armes, pas même dans leurs guérites, ni s'asseoir, lire, chanter, siffler ou parler à personne sans nécessité ni en se promenant, s'écarter de leur poste à plus de 30 pas.

Les sentinelles ne souffriront pas qu'il S. P. se fasse aucune ordure ou dégradation aux environs de leur poste.

Les sentinelles se tiendront très alertes S. P. à observer, du plus loin qu'elles pourront, tout ce qui se passera à portée de leur poste ; pour cet effet, elles ne resteront dans leur guérite que pendant le mauvais tems, et même alors, elles en sortiront toutes les fois qu'elles verront s'approcher d'elles, pendant le jour, un officier général ou supérieur, et pendant la nuit une troupe quelle qu'elle soit.

Les sentinelles ne se laisseront jamais S. P. approcher de trop près par qui que ce soit et particulièrement pendant la nuit. Pour cet effet, elles feront passer alors, autant que cela sera possible, les allans et les venans du côté opposé à celui où elles seront placées.

Les sentinelles de la garde de police S. I.

crient : *au feu* si elles aperçoivent un incendie, et *à la garde* lorsqu'elles entendent du bruit par suite de querelle ou d'attroupement. La sentinelle qui est devant les armes, crie : *aux armes*, lorsqu'elle aperçoit le St-Sacrement, une troupe armée, un officier général ou le commandant de place ; elle crie : *hors la garde*, lorque le colonel ou l'officier supérieur qui commande en son absence le régiment, vient au quartier.

S. 1.   La sentinelle placée à la porte du quartier, ne laisse sortir aucun étranger, porteur d'armes ou d'effets , sans l'autorisation du maréchal-des-logis de garde. Si on jette dehors un paquet, elle doit l'en avertir.

S.I.*   Elle ne laisse sortir aucun cavalier avec son cheval, sans l'autorisation du maréchal-des-logis de garde.

S. I.   Elle ne laisse entrer aucun étranger ni aucun militaire d'un autre corps, sans l'autorisation du maréchal-des-logis de garde.

Après l'appel du soir, elle fait passer S. I. au corps-de-garde les militaires de tous grades qui rentrent au quartier; elle empêche de sortir sans le consentement du maréchal-des-logis.

Si elle aperçoit des lumières dans les S. I. chambres, après la sonnerie pour les éteindre, elle avertit le maréchal-des-logis.

Après onze heures du soir, elle crie : S. I. *qui vive*, sur tout le monde, et exige qu'on passe à quelques pas d'elle.

Si après qu'une sentinelle aura crié S. P. trois fois *qui vive*, on continue de s'approcher d'elle sans répondre, elle criera : *halte-là !* et avertira en même tems qu'elle va tirer ; et si, malgré cet avertissement, on continue de s'avancer pour vouloir la forcer, elle tirera et appellera la garde.

Si la garde est extérieure et qu'on ré- S. I.

3

ponde : *patrouille*. La sentinelle criera :
halte-là ; brigadier , patrouille.

S. I.   Si c'est une ronde d'officiers , de
maréchal-des-logis ou de sergent, elle
crie : *halte-là ; brigadier , ronde d'officier,*
(de maréchal-des-logis ou *de sergent)*. Si
c'est une ronde major : *halte là; aux*
armes , ronde major.

S.P.   Les sentinelles qui seront placées sur
les remparts, n'y laisseront passer, pendant la nuit, absolument que les rondes
et les patrouilles.

Plantons et Ordonnances.

—

Un chasseur de planton doit être dans la meilleure tenue et toujours à son poste. Quand on lui donne une dépêche à porter, il s'informe s'il faut qu'il rapporte un reçu.

Il se présente à la personne vers laquelle il est envoyé, en lui portant l'arme ou en la présentant, selon son grade. S'il s'adresse à un sous-officier ou à un bourgeois, il conserve l'arme sur l'épaule droite, ou l'arme au bras. Il remet alors sa dépêche de la main droite, et de même, s'il présente l'arme; au port d'armes, il la remet de la main gauche. Il se retire à quelques pas, et met l'arme au pied en attendant la réponse.

De retour à son poste, il rend compte de sa mission, et remet le reçu.

Il lui est défendu de s'arrêter ou de s'écarter dans sa course ; il la fait en suivant le chemin le plus court. S'il rencontre un officier, quel que soit son grade, il porte l'arme avant d'arriver à sa hauteur, et ne la remet sur l'épaule qu'après l'avoir dépassé.

Un planton ne doit marcher que pour affaires de service : toute complaisance pour affaires particulières lui est expressément défendue.

Lorsqu'il est renvoyé de son poste, il rentre de suite au quartier, et se présente à l'adjudant.

Un chasseur d'ordonnance, doit seller son cheval avec le plus grand soin, et veiller à ce que son paquetage soit solidement établi. Il sera toujours prêt à monter à cheval, et s'il a débridé, il doit aussitôt essuyer son mors et suspendre sa bride à portée de son cheval. Il ne quittera pas son sabre ; son mousqueton restera à la botte.

S'il monte à cheval avec l'officier près duquel il est de service, il doit le suivre à une distance de vingt-cinq à trente pas.

De retour au quartier, il se présente à l'adjudant avant de débrider. Son cheval doit l'occuper avant tout : s'il a fait une course rapide, il devra le bouchonner avec soin, lui curer les pieds, et le laisser souffler au moins une demi-heure avant de lui donner à manger. Il préparera d'avance l'eau qu'il lui donnera plus tard, afin qu'elle soit moins froide, et par conséquent moins nuisible.

Soins pendant une route.

—

En entrant dans les écuries, le premier soin que doivent avoir les chasseurs, est de nettoyer les mangeoires et les rateliers avec un balai ou une poignée de paille, pour en retirer la poussière ou les restes de mauvais fourrage qui peuvent s'y trouver. Si même les rateliers étaient garnis de bon foin, ils devraient encore le retirer pour le moment, parce qu'il ne vaut rien de faire manger un cheval qui est essoufflé par la marche.

S'il y a de la litière, ils l'étendront aussitôt qu'ils auront débridé. Les chevaux se reposent mieux sur la litière, et elle les excite à uriner ; surtout, ne pas oublier de les attacher au ratelier jusqu'à ce qu'ils soient dessellés.

Après avoir dépaqueté, les chasseurs

dessanglent, enlèvent la selle, retournent
la couverte et ressanglent aussitôt. De
cette manière, le cheval est plutôt sec, et
l'on n'a pas à craindre qu'il se refroidisse,
en gardant sur le dos une couverte, dont
plusieurs doubles sont imprégnés de sueur.
Cette opération est d'autant plus facile,
que plusieurs hommes ont toujours leurs
chevaux ensemble; un soulève la selle,
un autre retourne promptement la couverte.

Au pansage, l'étrille ne doit passer
que très légèrement sur la partie où porte
la selle, et même avant de l'y faire passer, le cavalier doit s'assurer, en y fesant
glisser la main à plusieurs reprises, qu'il
n'y a pas la moindre blessure. Si le cheval plie, pour éviter la pression de la main,
le cavalier trouvera, à l'endroit sensible,
un gonflement ou un suintement.

Le remède le plus prompt pour faire
disparaître le gonflement, c'est de le
comprimer avec un morceau de glace;

on le couvre d'un peu de paille, pour que le surfaix le maintienne plus solidement. A défaut de glace, on prend un gazon, le plus frais possible, qu'on imbibe d'eau et de sel; ou bien encore, on frotte avec de l'eau-de-vie camphrée, ou avec de l'eau-de-vie et du savon. On emploie aussi ces frictions d'eau-de-vie quand il y a suintement.

Le fourrage doit toujours être secoué avant d'être donné aux chevaux. Il est aussi très-important de nettoyer l'avoine; à défaut de vans et de cribles, on trouve chez presque tous les habitans, des paniers ou des corbeilles dont ils se servent pour faire lever le pain. Un homme un peu adroit s'en sert très-bien comme d'une vanette.

Quand le chasseur a dessellé, il a soin, si le tems et les localités le permettent, d'étendre la couverte pour qu'elle sèche entièrement; quand elle est sèche, il faut bien la secouer. Une couverte imprégnée de sueur et de poussière, se durcit et blesse le cheval, surtout quand elle n'est pas pliée avec le plus grand soin.

Si les hommes sont logés près de leurs chevaux, et s'il n'y a pas dans la maison où est l'écurie, un local commode, ils feront bien d'emporter leurs selles dans leurs logemens. Mais s'ils les laissent à l'écurie, il faut tâcher de les suspendre ; elles restent propres et ne risquent pas d'être brisées par un cheval qui viendrait à se lâcher.

Tous les jours, il faut voir si les chevilles ne sortent pas, et les enfoncer au niveau de la bande. Il est aussi très essentiel d'entretenir le culcron bien souple, en le frottant avec du suif, de l'huile ou du saindoux.

La graisse est une chose de première nécessité. Le cuir qui n'est entretenu qu'avec du cirage ne dure pas. Mais avant de graisser il faut mouiller ; graisser du cuir sec, c'est le brûler. Il faut de la graisse

3*

surtout pour les bottes et pour le poitrail, près du cœur; c'est là que les montans se séchent et se cassent. La meilleure graisse que le soldat puisse mettre dans sa boîte, c'est du saindoux fondu avec de l'huile de poisson, en égale quantité ; on peut y ajouter un peu de noir de fumée, très-peu. La graisse de cheval vaut encore mieux, mais elle est plus rare.

L'eau de puits est souvent très-froide ; elle donne des coliques. Pour les éviter, il faut la tirer d'avance, aussi long-tems que possible, et la remuer avec une poignée de foin. Il faut surtout, et quelque tems qu'il fasse, ne jamais faire boire un cheval avant qu'il ait mangé.

Le soir, il faut bien garnir les rateliers; les chevaux ont le tems de manger et de faire la digestion. Pour le matin, on garde peu de foin et moins d'avoine qu'on n'en a donné la veille après le pansage. Si on donne également aux différens repas, on est forcé de brider les chevaux avant

qu'ils aient fini de manger, et quand ils
ont l'estomac plein, ils ne sont pas dis-
posés à la marche.

L'avoine ne doit pas rester à l'écurie
pendant la nuit. Mais si l'on ne peut la
placer ailleurs en sûreté, le garde d'écurie se fera un traversin du sac qui la ren-
ferme; on n'y touchera pas sans qu'il
s'en aperçoive. Plus d'un cheval est de-
venu fourbu pour avoir mangé de l'avoine
pendant la nuit; on en a trouvé qui étaient
couchés presque morts à côté du sac.

Un chasseur, un peu cavalier, n'aura
jamais la pensée de délier le fourrage pour
se coucher. Le foin qui a été foulé sous
le poids d'un homme a perdu de sa qua-
lité, et quelque soin qu'on mette à le ra-
masser, la quantité ne s'y trouve plus.
A défaut de paille, la couverte et la schabraque font un lit, sur lequel on dort
d'un profond sommeil, grâce à la fatigue
de la route.

On ne doit brider qu'à la sonnerie à

cheval; cette sonnerie devant être faite une demi-heure avant le départ. Quand le tems est mauvais, on trousse les queues; il faut le faire avec soin; une queue bien troussée ne se défait pas en route.

A toutes les haltes, le chasseur inspecte sa charge, s'assure que la couverte n'ait pas bougé, qu'elle ne bride pas sur le garrot, et ressangle s'il le faut. Il est bon de lever souvent les pieds de son cheval, pour voir si quelque pierre n'est pas prise entre le fer, ou si un caillou ne s'est pas glissé entre le fer et la sole.

Tout soldat doit avoir un couteau, et tout cavalier doit avoir un cure-pied à son couteau. C'est une dépense de quarante à cinquante sous, placés utilement. Le dimanche on en laisse quelquefois plus au cabaret, et l'argent du cabaret serait presque toujours perdu, si de tems à autre, il ne rapportait huit ou quinze jours de salle de police.

En marche, il ne faut pas reposer la main sur la schabraque. Quand on le fait, le cheval reçoit une saccade à chaque pas; tandis que la main étant soutenue, elle suit le mouvement du corps, et il n'y a pas de secousse sur les barres. Il est permis de tenir les rênes à volonté, avec l'une ou l'autre main, pourvu qu'elle soit soutenue. On recommande aussi de faire usage du filet pour ne pas engourdir les barres. Dans les mauvais chemins, dans les descentes et à l'allure du trot, le cavalier conduit avec la bride, tient les rênes courtes et assure la main. S'il se méfie de son cheval, il doit avoir les jambes près.

A l'arrivée, et s'il se peut avant le fourrage, un homme pour deux ou pour quatre, va acheter la viande et prépare la soupe; ceux qui ne s'en occupent pas tout en arrivant, quittent le pansage sans savoir ce qu'ils mangeront. C'est la faute que font les recrues, par lenteur et par

ignorance ; dans leur première route,
ils se nourrissent de salade, de fromage,
de fruits et d'au-de-vie. En peu de jours,
ils sont pris de coliques, de maux d'estomac et restent à l'hôpital.

Un cavalier soigneux doit tout prépa-
rer avant de se coucher ; le lendemain,
il n'a plus qu'à songer à son cheval. Les
soins de la veille doivent, autant que possible, s'étendre à sa personne ; il garde un
peu de viande pour déjeûner, soit avant
de partir, soit en route. Un homme bien
nourri résiste à la fatigue et à l'intempé-
rie. Savoir se faire vivre est un cachet de
vieux soldat.

Un soin très-important est celui de la
ferrure. Tous les jours à l'arrivée, le cavalier doit la visiter attentivement. Il ne
suffit pas de voir s'il manque des clous :
un fer qui n'a pas été bien ajusté, peut
clocher sans qu'il en manque ; le lendemain il tombera. Un fer déjà fatigué,
peut avoir plié en posant sur une pierre,

et causer une pression qui fera boiter, si le jour même on ne fait pas ferrer.

En route, les brigadiers, les chasseurs de 1re et 2e classe et les trompettes, ont un supplément de solde de dix centimes par jour. La ration de fourrage est de dix livres de foin, six livres de paille et trois kilo. huit hecto. d'avoine (un peu plus de sept livres et demie). Cinq rations font 19 kilo., 38 livres. Quand on ne donne pas de paille, la botte de foin doit peser treize livres.

EXTRAIT DU RÉGLEMENT

SÙR LE SERVICE EN CAMPAGNE.

—

TIT. 1er, 18. En route , les ordonnances suivent les officiers-généraux , et font à la fois le service d'ordonnances et celui d'escorte. Celles qui ne suivent pas immédiatement les généraux ou les chefs d'état-major , marchent à la tête des divisions ou des brigades.

TIT. 8.
Grand'Gar-
des.
88. Les vedettes ont pour objet principal d'observer l'ennemi et d'avertir de ses mouvemens.

Les vedettes sont toujours prêtes à faire feu : elles ont le mousqueton haut. Cependant, pour ne pas donner une fausse

alerte, une vedette ne tire que quand elle
aperçoit très-distinctement l'ennemi ; elle
doit, alors même que toute défense de sa
part serait inutile, tirer vivement pour
avertir ; le salut du poste peut en dépen-
dre. Toute vedette fait feu sur quiconque
passe à l'ennemi.

Lorsque, pendant la nuit, une vedette
entend quelqu'un s'approcher, elle arme
son mousqueton et crie : *Halte-là !* Si
l'on ne s'arrête pas après qu'elle a crié
une seconde fois, elle fait feu. Si l'on s'arrête, elle crie : *Qui vive !* Et lorsqu'il lui
a été répondu *ronde* ou *patrouille*, elle
crie : *avance au ralliement.* Si le chef de
ronde ou de patrouille ne s'avance pas
seul, s'il ne fait pas le signal convenu ou
s'il ne donne pas le mot, la vedette fait
feu et se replie sur le poste.

Quelquefois les vedettes sont réunies par
deux, pour qu'elles puissent mieux sur-

veiller en avant et autour d'elles, ou bien
lorsqu'il doit y avoir un avis à faire par-
venir, un individu à arrêter. Dans ce cas,
l'une des deux se détache, et la chaîne
n'est pas interrompue. Il est nécessaire
que les vedettes soient doubles dans un
terrein coupé, fourré, d'un aspect inégal
et durant les nuits obscures et orageuses
qui favorisent les surprises. Pendant
qu'une vedette observe, l'autre parcourt
les sinuosités, les replis du terrein, les
escarpemens des chemins creux. Ces vedettes mobiles sont appelées *volantes*. Des
vedettes volantes se croisent, lorsqu'il y
a insuffisance d'hommes de garde pour
observer toutes les issues.

94. Les vedettes ne laissent jamais
passer les trompettes ni les parlementaires
de l'ennemi. Elles les font tourner du
côté opposé au poste et à l'armée, et
préviennent de leur arrivée, par un signal convenu, le chef du poste avancé.

Si elles sont doubles, l'une se détache
pour aller le prévenir.

108. Les reconnaissances sont précédées
à environ deux cents pas, par une avant-
garde d'une force proportionée à la leur.

Des éclaireurs, choisis parmi les cavaliers les mieux montés et les plus propres
à ce genre de service, et autant que possible, parlant la langue du pays, précè-
dent l'avant-garde et flanquent la recon-
naissance; ils doivent rarement s'écarter,
pendant le jour, au point de perdre de
vue leur détachement.

Il ne faut pas que deux éclaireurs gra-
vissent ensemble une éminence ; tandis
que l'un y monte rapidement, l'autre
s'arrête à mi-côte, afin de pouvoir, si le
premier vient à être enlevé, préserver le
détachement de surprise. Les éclaireurs
se portent principalement sur les points
culminans.

Avant le jour, l'avant-garde et les éclaireurs doivent être rapprochés. On doit alors marcher lentement et en silence, s'arrêter souvent pour écouter, s'abstenir de fumer et placer en arrière les chevaux qui hennissent.

Les reconnaissances ne doivent s'engager dans les villages, vallées, ravins, gorges ou bois, qu'après que les éclaireurs les ont exactement fouillés et qu'ils ont pris les renseignemens nécessaires, même au besoin des ôtages parmi les habitans.

TIT. II.
Partisans.

119. Les prises faites par les partisans leur appartiennent, lorsqu'il est reconnu qu'elles ne se composent que d'objets enlevés à l'ennemi; elles sont jugées et vendues par les soins du chef de l'état-major et de l'intendant ou sous-intendant, au quartier du général qui a ordonné l'expédition, et autant que possible en présence d'officiers et de sous-officiers du détachement.

Les armes ni les munitions de guerre ne sont jamais partagées ni vendues ; le général en chef détermine l'indemnité à allouer à ceux qui les ont prises.

Les officiers supérieurs ont chacun cinq parts ; les capitaines, quatre ; les lieutenans et les sous-lieutenans, trois ; les sous-officiers, deux ; les brigadiers et chasseurs, une. Le commandant de l'expédition en a six, en sus de celles que lui donne son grade.

Quand, dans une prise, il se trouve des chevaux ou d'autres objets appartenant aux habitans, ils leur sont rendus.

Ces dispositions s'appliquent à tout détachement isolé qui fait une prise.

130. Il est défendu de tirer des armes à feu dans les marches, de faire aucun cri de *halte* ni de *marche*.

TIT. 12.
Marches.

TIT. 13.
Combats.

135. Pendant le combat, les officiers et les sous-officiers doivent retenir dans les rangs, par tous les moyens en leur pouvoir, les militaires sous leurs ordres, et forcer au besoin leur obéissance. Ils ne souffrent pas que des soldats quittent leurs rangs pour fouiller ou dépouiller les morts, ni pour transporter les blessés, à moins d'une permission expresse, qui ne peut être donnée qu'après la décision de l'affaire. Le premier intérêt comme le premier devoir, est d'assurer la victoire qui seule, peut garantir aux blessés, les soins nécessaires.

Les officiers doivent rappeler aux soldats que la générosité honore le courage. En conséquence, les prisonniers de guerre ne sont jamais dépouillés ; chacun d'eux est traité avec les égards dus à son rang.

TIT. 17.
Gendarmerie.

169. Les officiers et les sous-officiers des troupes sont tenus de déférer à la demande de la gendarmerie, l'orsqu'elle croit avoir besoin d'appui.

170. Le commandant de la gendarmerie d'une armée est appelé : *grand-prévôt* ; le commandant de la gendarmerie d'une division est appelé simplement, *prévôt*. Leur devoir est surtout de protéger les habitans du pays contre le pillage ou toute autre violence.

Tout militaire employé à l'armée, qui a connaissance d'un crime ou délit, doit en donner sur-le-champ avis au grand-prévôt ou à un prévôt, ou à quelque autre officier de gendarmerie ; il est tenu de répondre catégoriquement à toutes les questions que lui adresse le prévôt.

187. La compagnie de sauve-gardes est composée, autant que possible, d'officiers et de sous-officiers tirés des compagnies de sous-officiers vétérans et de la gendarmerie à pied.

TIT. 18.
Sauve-gardes.

193. Il est aussi donné des sauve-gardes écrites ou imprimées, signées du commandant en chef, contresignées du chef de l'état-major et portant le cachet de l'état-major général. Les sauves-gardes de ce genre, présentées aux troupes, doivent être respectées comme une sentinelle.

TIT. 19.
Siéges.

206. Les troupes à cheval peuvent être employées dans les assauts, à porter des fascines et autres matériaux pour combler des fossés et former des passages.

210. Le général commandant le siège, désigne des compagnies d'élite exclusivement destinées, dès l'entrée des troupes dans la place, à protéger les propriétés et les personnes, à empêcher partout le pillage et la violence. L'ordre doit rappeler en outre, que les infracteurs sont traduits devant les tribunaux militaires et jugés comme voleurs à main armée.

En campagne, la solde avec les vivres ou sans vivres d'aucune espèce est de 40 c. pour les brigadiers; 30 c. pour les chasseurs de 1re classe; 25 c. pour ceux de 2e, et 62 c. pour les trompettes.

Les différentes rations de vivres sont :

Viande fraîche ou salée, 2 hectogrammes 1/2 (une demi-livre).

Lard salé, 2 hectogrammes. Cinq ration font un kilogramme.

Riz, 3 décagrammes. Trente-trois rations font un kilogramme.

Légumes secs, 6 décagrammes. Seize rations 1/2 font un kilo.

Sel, un kilo pour 60 hommes.

Vin, 1/4 de litre.

Eau-de-vie, un litre pour 16.

Vinaigre, un litre pour 20.

La ration de fourrage est de 5 kilo. de foin. 4 kilo de paille et 38 hecto. d'avoine.

—

Ce que je viens d'écrire est pour moi ,
pour mon intérieur ; pour que les chasseurs de l'escadron que je commande
n'entendent pas dire un jour d'une façon,
et le lendemain d'une autre. Les sous-officiers et les brigadiers, trouvant dans
quelques pages une partie de ce qu'ils
ont à leur enseigner, le feront tous de la
même manière. Eux-mêmes pourront le
lire : ils le sauront plus tôt.

*Ce n'est donc pas un règlement que je
propose.* C'est une ébauche ; l'usage me la
fera revoir et corriger. Si je l'adresse à

quelques officiers , c'est comme souvenir,
et non pas avec la prétention de leur
faire un cadeau.

Quelques paragraphes ont en marge
des initiales : ce sont celles des réglemens
où je les ai pris. S. I. veut dire *service
intérieur* ; S. P. , *service des places.*

L'* désigne ceux auxquels j'ai ajouté
ou changé quelque chose. Ces change-
mens n'altèrent pas l'esprit du réglement;
je n'ai voulu que le rendre plus précis.

Les réglemens, qu'on est heureux d'a-
voir, n'ont pas tout prévu et se contre-
disent aussi quelquefois. Comment faire ?
L'incertitude est tout ce qu'il y a de pis.

Dans les devoirs des sentinelles, le service intérieur et celui des places ne sont
pas toujours d'accord. Par exemple , le

service des places dit : *les sentinelles ne recevront de consigne que des brigadiers de leur poste.* C'est un principe qui n'a pas de contradicteurs ; et le service intérieur dit que les sentinelles ne laisseront sortir aucun cavalier avec un cheval, *sans l'ordre d'un maréchal-des-logis ou d'un brigadier.* La sentinelle ne peut recevoir d'ordres de tous les sous-officiers et brigadiers d'un régiment.

J'ai fait des divisions dans les différentes parties du harnachement et de l'armement, croyant en rendre la nomenclature plus facile à retenir.

On me reprochera d'adopter *l'arme au bras* dans les honneurs à rendre ; des observations critiques se sont élevées contre cette position. Elle n'est pas réglementaire, c'est vrai ; qu'on la défende et je n'en parle plus. Cependant, je dirai qu'à tort ou à raison, elle est consacrée par un

usage qu'on trouve assez fréquemment.
Et puis, s'il faut à la redingote les mêmes honneurs qu'à l'épaulette, comment
distinguer le lieutenant du chef d'escadrons ? A la houpette du bonnet ? On peut
s'y tromper. Il faut dire aussi qu'il y a
des régimens, d'artillerie entre autres,
ou l'on porte le matin le schakos avec la
redingote. Dans une garnison où il y a
différentes armes, c'est une difficulté
qu'on lève *l'arme au bras.*

Dans le service en campagne, je n'ai
parlé que des positions où le soldat se
trouve seul, et de quelques autres dont il
m'a paru nécessaire de l'instruire.

On trouvera peut-être que j'en dis un
peu long pour toutes les intelligences. Et
moi, je crois n'avoir pas abordé toutes
les questions qu'on peut traiter utilement
devant le soldat. Le travail est d'autant

plus facile qu'on en a plus d'habitude, tandis que l'intelligence qu'on ne cherche pas à développer, n'est capable de rien.

La manière de remonter une platine, les doublemens, les mouvemens par quatre et les tirailleurs, sont plus difficiles que l'instruction dont je parle, et pourtant après quinze ou dix-huit mois, tous les hommes d'un régiment les connaissent.

Dans un siècle de lumières, avec l'expérience qui est résultée de vingt campagnes, dont le fruit a pu se répandre pendant vingt ans de paix, le soldat ne doit pas être une machine à monter la garde.

LIMOGES. — IMPR. ET LITH. DE DARDE.